我是堅強的小孩

監修　**足立啓美** 一般社團法人日本正向教育協會代表理事　　插畫　**川原瑞丸**　　翻譯　**林劭貞**

堅強的心，
是什麼樣的心呢？

不_{ㄅㄨˋ}小_{ㄒㄧㄠˇ}心_{ㄒㄧㄣ}犯_{ㄈㄢˋ}錯_{ㄘㄨㄛˋ}，
也_{ㄧㄝˇ}會_{ㄏㄨㄟˋ}努_{ㄋㄨˇ}力_{ㄌㄧˋ}補_{ㄅㄨˇ}救_{ㄐㄧㄡˋ}的_{ㄉㄜ˙}心_{ㄒㄧㄣ}？
嗯_ㄣ！
這_{ㄓㄜˋ}的_{ㄉㄜ˙}確_{ㄑㄩㄝˋ}是_{ㄕˋ}堅_{ㄐㄧㄢ}強_{ㄑㄧㄤˊ}的_{ㄉㄜ˙}心_{ㄒㄧㄣ}！

遇_{ㄩˋ}到_{ㄉㄠˋ}討_{ㄊㄠˇ}厭_{ㄧㄢˋ}的_{ㄉㄜ˙}事_{ㄕˋ}情_{ㄑㄧㄥˊ}，
也_{ㄧㄝˇ}會_{ㄏㄨㄟˋ}勇_{ㄩㄥˇ}敢_{ㄍㄢˇ}面_{ㄇㄧㄢˋ}對_{ㄉㄨㄟˋ}的_{ㄉㄜ˙}心_{ㄒㄧㄣ}？
沒_{ㄇㄟˊ}錯_{ㄘㄨㄛˋ}！
這_{ㄓㄜˋ}也_{ㄧㄝˇ}是_{ㄕˋ}堅_{ㄐㄧㄢ}強_{ㄑㄧㄤˊ}的_{ㄉㄜ˙}心_{ㄒㄧㄣ}！

不_{ㄅㄨ}過_{ㄍㄨㄛ}，有_{ㄧㄡ}時_ㄕ候_{ㄏㄡ}碰_{ㄆㄥ}到_{ㄉㄠ}困_{ㄎㄨㄣ}難_{ㄋㄢ}，
還_{ㄏㄞ}是_ㄕ會_{ㄏㄨㄟ}覺_{ㄐㄩㄝ}得_{ㄉㄜ}很_{ㄏㄣ}挫_{ㄘㄨㄛ}折_{ㄓㄜ}，
甚_{ㄕㄣ}至_ㄓ好_{ㄏㄠ}想_{ㄒㄧㄤ}哭_{ㄎㄨ}。

可_{ㄎㄜ}是_ㄕ，沒_{ㄇㄟ}關_{ㄍㄨㄢ}係_{ㄒㄧ}！

大_{ㄉㄚ}哭_{ㄎㄨ}一_ㄧ場_{ㄔㄤ}後_{ㄏㄡ}，
又_{ㄧㄡ}能_{ㄋㄥ}打_{ㄉㄚ}起_{ㄑㄧ}精_{ㄐㄧㄥ}神_{ㄕㄣ}了_{ㄌㄜ}！

即使很生氣，
也還是能夠再次開懷
大笑。

哭過之後，　就好了。
生氣過後，　又笑了。

反覆經歷這樣的
過程，　你的心就
會越來越堅強！

但是遇到不順心的事情，
心中會出現一朵朵烏雲，像是———

被媽媽責備
的時候；

拼圖拼不好
的時候；

和朋友吵架的時候……

發生這些情況，
會想哭， 或是想發怒。
這樣還能擁有一顆堅強的心嗎？

當然可以！
感到難過或憤怒是很正常的事情，
這些像烏雲的壞情緒，
其實不會傷害你，
反而是你的好朋友！

雖然烏雲總是在事情做不好時出現，
卻能夠幫助你了解內心的感受，
所以千萬不要躲避它喔！

想讓心變得更堅強，
就要學著和烏雲好好相處。

可ㄎㄜˇ是ㄕˋ，　有ㄧㄡˇ時ㄕˊ候ㄏㄡˋ……

烏ㄨ雲ㄩㄣˊ會ㄏㄨㄟˋ突ㄊㄨˊ然ㄖㄢˊ失ㄕ控ㄎㄨㄥˋ，
變ㄅㄧㄢˋ得ㄉㄜ˙越ㄩㄝˋ來ㄌㄞˊ越ㄩㄝˋ大ㄉㄚˋ、　越ㄩㄝˋ來ㄌㄞˊ越ㄩㄝˋ大ㄉㄚˋ，
出ㄔㄨ現ㄒㄧㄢˋ大ㄉㄚˋ暴ㄅㄠˋ走ㄗㄡˇ的ㄉㄜ˙情ㄑㄧㄥˊ況ㄎㄨㄤˋ。

「唉_ㄞ呀_{ㄧㄚ}！糟_{ㄗㄠ}糕_{ㄍㄠ}！烏_ㄨ雲_{ㄩㄣ}大_{ㄉㄚ}暴_{ㄅㄠ}走_{ㄗㄡ}了_{ㄌㄜ}，請_{ㄑㄧㄥ}快_{ㄎㄨㄞ}點_{ㄉㄧㄢ}想_{ㄒㄧㄤ}辦_{ㄅㄢ}法_{ㄈㄚ}幫_{ㄅㄤ}幫_{ㄅㄤ}它_{ㄊㄚ}！」

想幫助暴走的烏雲，
你可以試試呼吸魔法！

然後，
慢—— 慢—— 吐氣。
同時在心裡默數，
從 1 數到 5 。

首先，
深吸一一口氣——

1、2、3、4、5……

暴ㄅㄠˋ走ㄗㄡˇ的ㄉㄜ烏ㄨ雲ㄩㄣ
漸ㄐㄧㄢˋ漸ㄐㄧㄢˋ變ㄅㄧㄢˋ小ㄒㄧㄠˇ了ㄌㄜ！

重ㄔㄨㄥˊ複ㄈㄨˋ做ㄗㄨㄛˋ五ㄨˇ次ㄘˋ， 效ㄒㄧㄠˋ果ㄍㄨㄛˇ會ㄏㄨㄟˋ更ㄍㄥˋ好ㄏㄠˇ喔ㄛ！

當烏雲變小的時候，
你可以試著幫它取名字！

它叫做「愛哭鬼」。
它叫做「小辣椒」。

取了名字，
就可以跟它成為
好朋友了！

還有其他可以讓烏雲變小的方法喔！

隨意畫圈圈

在一張空白的紙上，
用你喜歡的顏色隨意畫圈圈。

心情是不是
舒暢多了？

烏龜與史萊姆的魔法

假裝自己是硬邦邦的龜殼，
用力的繃緊身體，
然後從 1 數到 5 。

1.2.3.4.5

接著，
假裝自己是軟綿綿
的史萊姆，
放鬆緊繃的身體。

心情是不是輕鬆
多了？

走，去散步

右、左、右、左……
輪流邁出雙腳，
感受它們踩在地面的感覺。

也可以仔細聽一聽周圍的聲音。
你聽到了什麼？

鳥鳴聲？

汽車行駛的
聲音？

你會漸漸忘記不愉快的事情喔！

和身邊的大人聊一聊

難過的時候，
跟爸爸、媽媽或老師，
說說自己的心事，
心情會變好呢！

大大的擁抱

緊緊擁抱你最愛的人吧！
無論是家人或朋友都可以。
試試看，內心會變得
很溫暖喔！

也可以雙手交叉
緊緊抱住自己！

聆聽喜歡的音樂

一邊聽音樂， 一邊哼唱，
同時跟著節奏， 隨意起舞。

不知不覺中， 身體
和心裡都變得輕飄
飄。 你喜歡什麼樣
的音樂呢？

動手做讓自己
全神貫注的事情

試試摺紙、黏土，
或者其他有挑戰性的勞作。
專心的做一件事情，
可以暫時拋開煩惱喔！

轉換心情的魔法眼鏡

和朋友吵架，
會感到很生氣， 對吧？
這個時候，
你戴的是「氣呼呼眼鏡」。

哼！
都是她的錯！

讓我們拿掉「氣呼呼眼鏡」，
換上「和好眼鏡」。
現在，你的心情如何？

最後，為了讓你的心變得更堅強，
試著回答以下四個問題。

1 你有什麼優點？

仔細回想家人、朋友、
老師曾經對你的讚美。
學會欣賞自己的優點，
會讓你更有自信！

2 你³˅喜ㄒ˅歡ㄏㄨㄢ 什ㄕㄣˊ麼ㄇㄜ˙？

想ㄒㄧㄤˇ一一ˋ想ㄒㄧㄤˇ，
你³˅喜ㄒˇ歡ㄏㄨㄢ 什ㄕㄣˊ麼ㄇㄜ˙地ㄉㄧˋ方ㄈㄤ？
喜ㄒˇ歡ㄏㄨㄢ 什ㄕㄣˊ麼ㄇㄜ˙遊ㄧㄡˊ戲ㄒㄧˋ？
這ㄓㄜˋ些ㄒㄧㄝ可ㄎㄜˇ以ㄧˇ在ㄗㄞˋ你³˅不ㄅㄨˋ開ㄎㄞ心ㄒㄧㄣ時ㄕˊ，
幫ㄅㄤ助ㄓㄨˋ你³˅找ㄓㄠˇ回ㄏㄨㄟˊ笑ㄒㄧㄠˋ容ㄖㄨㄥˊ！

你的優點

你喜歡
的事情

只要你常常把這四件事情放在心中，
它們就會成為你的力量。

你ㄋㄧˇ克ㄎㄜˋ服ㄈㄨˊ困ㄎㄨㄣˋ難ㄋㄢˊ的ㄉㄜ˙經ㄐㄧㄥ驗ㄧㄢˋ

你ㄋㄧˇ喜ㄒㄧˇ歡ㄏㄨㄢ
的ㄉㄜ˙人ㄖㄣˊ

即ㄐㄧˊ使ㄕˇ你ㄋㄧˇ面ㄇㄧㄢˋ臨ㄌㄧㄣˊ再ㄗㄞˋ大ㄉㄚˋ的ㄉㄜ˙困ㄎㄨㄣˋ難ㄋㄢˊ，
還ㄏㄞˊ是ㄕˋ可ㄎㄜˇ以ㄧˇ堅ㄐㄧㄢ強ㄑㄧㄤˊ的ㄉㄜ˙振ㄓㄣˋ作ㄗㄨㄛˋ起ㄑㄧˇ來ㄌㄞˊ！

「復原力」可以守護孩子的心，
拓展孩子的能力

　　這本書的目的是為了培養孩子的「復原力」，讓他們在遭遇困境時，即使內心受傷了，也能夠自我修復。現在，全世界都在進行與復原力有關的研究，且報告指出，如果能從童年時期就開始好好培養復原力，對於孩子的心理健康、人際關係和學校課業，都有正面的影響。換言之，復原力是一種不可或缺的能力，它可以讓孩子守護自己的心，拓展自己的能力，過著幸福的生活。

　　復原力是每個人都擁有的內心力量，而且可以透過後天的經驗加以培養。在童年時期，最重要的就是培養處理情緒與忍受挫折的能力，這將大大影響孩子未來的復原力。

　　因此在本書中，我用「烏雲」來象徵孩子們內心不愉快的感受，例如憤怒、難過、不安等，並告訴他們擁有這些情緒是很正常的事情。人們常認為負面情緒是不好的，其實每種情緒都可以幫助我們更了解內心的需求，負面情緒也不例外，所以我們不應該將它拒於門外，而是大方的迎接它，認真的感受它，與它和平共處。

此外，當內心的烏雲越來越膨脹時，必須積極找尋解決方法，讓它鎮定下來。建議照護者時常和孩子討論心裡的感受，若發現孩子的心中出現烏雲，或者烏雲已經面臨暴走的情況，請試著運用這本書裡提到的任何一種方法，幫助孩子重新找回笑容，以及處理情緒的主導權。

最後，我想對促成這本培養兒童內心復原力繪本的相關人士表達深切的感謝，包括插畫家川原瑞丸老師、裝幀設計師坂川朱音女士、協力編輯木村直子女士，以及主婦之友社的編輯金澤友繪女士。

我誠摯的希望每個孩子都能適應這個時代，並且過得幸福。

───── 一般社團法人日本正向教育協會代表理事 足立啓美

監修╱足立啓美

　　一般社團法人日本正向教育協會代表理事、正向心理學認證教練。畢業於澳洲墨爾本大學研究所，完成正向教育專門課程。曾在日本國內外教育機構從事學校營運和學生輔導的工作，現致力於開創正向心理學最高教育學程，並在小學、國中、高中擔任正向教育講師。著作包括《換個語氣這樣做：教出高韌性堅強孩子的親子管教萬用句》（和平國際）、《發現自己的「力量」》（暫譯）等。

插畫╱川原瑞丸

　　1991 年生於日本千葉縣，主要從事書籍與雜誌的插畫。繪本作品有《OH NO!》、《TA-DAH!》，以及《我的身體哪裡最重要？第一本教孩子認識身體的性教育啟蒙書》（三采）。書籍插畫包括《書叔叔的街角圖書館》（暫譯）等。他也曾為雜誌《大便漢字練習簿》（暫譯）和筆記本公司推出的學習手帳《Japonica 練習簿》（暫譯）繪製插畫。

翻譯╱林劭貞

　　兒童文學工作者，從事翻譯與教學研究。喜歡文字，貪戀圖像，人生目標是玩遍各種形式的圖文創作。翻譯作品有《「不要、不行、我不去！」大聲嚇阻陌生人，建立孩童自我保護的能力》、《令人怦然心動的看漫畫學英文片語 300：從浪漫愛情故事，激發學習熱情，提升英語理解力！》、《小朋友的廚房：一起動手做家庭料理》等；插畫作品有《魔法二分之一》、《魔法湖畔》和《天鵝的翅膀：楊喚的寫作故事》（以上皆由小熊出版）。

精選圖畫書

我是堅強的小孩

監修：足立啓美　插畫：川原瑞丸　翻譯：林劭貞

總編輯：鄭如瑤｜主編：陳玉娥｜編輯：張雅惠｜美術編輯：茉莉子｜行銷副理：塗幸儀｜行銷助理：龔乙桐

出版：小熊出版／遠足文化事業股份有限公司
發行：遠足文化事業股份有限公司（讀書共和國出版集團）
地址：231 新北市新店區民權路 108-3 號 6 樓｜電話：02-22181417｜傳真：02-86672166
劃撥帳號：19504465｜戶名：遠足文化事業股份有限公司
Facebook：小熊出版｜E-mail：littlebear@bookrep.com.tw

讀書共和國出版集團網路書店：www.bookrep.com.tw｜客服專線：0800-221029｜客服信箱：service@bookrep.com.tw
團體訂購請洽業務部：02-22181417 分機 1124｜法律顧問：華洋法律事務所／蘇文生律師｜印製：凱林彩印股份有限公司
初版一刷：2023 年 8 月｜定價：330 元｜ISBN：978-626-7361-06-1（紙本書）
書號：0BTP1143　　　　　　　　978-626-7361-10-8（EPUB）
　　　　　　　　　　　　　　 978-626-7361-09-2（PDF）

きみのこころをつよくする えほん
© Shufunotomo Co., Ltd. 2022
Originally published in Japan by Shufunotomo Co., Ltd.
Translation rights arranged with Shufunotomo Co., Ltd.
Through Future View Technology Ltd.

國家圖書館出版品預行編目 (CIP) 資料

我是堅強的小孩 / 足立啓美監修；川原瑞丸插畫；
林劭貞翻譯. -- 初版. -- 新北市：小熊出版，遠足
文化事業股份有限公司，2023.08
32 面；21×23.7 公分. --（精選圖畫書）
譯自：きみのこころをつよくするえほん
ISBN 978-626-7361-06-1（精裝）

1.SHTB：心理成長 --3-6 歲幼兒讀物

861.599　　　　　　　　　　　　112012578

小熊出版官方網頁　小熊出版讀者回函